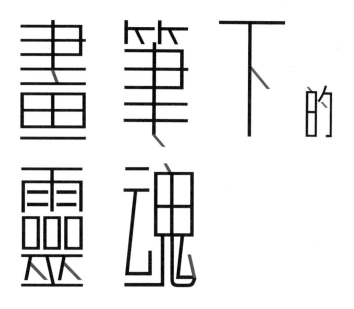

畫筆下的靈魂

Soul in the brush

一朵雲 著

目次 ｜ content

目 次 | content

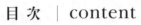

目次 | content

目次 | content

張珣／序言

陳玉雲《畫筆下的靈魂》

　　第一次看玉雲（筆名一朵雲）的繪圖是在玉雲的臉書上，將天上瞬息萬變的雲彩幻化成各式各樣的人物，想像力豐富，而又極具童趣。玉雲稱之為「畫雲、雲話」系列。一年過去了，玉雲公告周知，說蘭臺出版社要將她多年來的繪圖出版。眾臉友無不歡欣雀躍，但是也不免心中升起疑問，塗鴉竟然可以出書？一定是有其獨特之處，觸動了出版社老闆的心弦，而願意讓廣大讀者分享。數大便是美。塗鴉很簡單，但是經常塗鴉而且能自成一格，便不簡單了！

　　玉雲問我說，是否可以寫一篇序言？玉雲與我在中研院將近二十多年的同事關係，我不假思索，立即答應。令人汗顏的是，我竟然對玉雲的私生活了解這麼少，如何下筆呢？幸好玉雲提供我一些背景資料，讓我可以循線介紹她作畫的心路歷程。玉雲是一位很文靜秀氣的女子，平常上班時，很少聽到她說話，更別說大聲講話。比起其他行政人員，出納的工作，讓玉雲比較不需要接觸其他同事。即使在團體活動場合，玉雲也總是淡淡地微笑，或是遠遠地觀看，很少與大伙一起瘋癲。前幾年，玉雲開始常回花蓮老家照顧母親，並提及要提早退休。果真在105年退休，並能夠在老家侍候母親，常伴山水，也才能有這一個圖文集的出版。

　　玉雲說，「**民國88年農曆過年前，莫名的體力下滑，無端發生自律神經失調症狀，造成內心一陣惶恐，此後就與時好時差的病況共處十多年，而**

慶幸的是反將生命的轉折綿延出不同的態樣：91年4月3日畫下第一張不加思考的蠟筆塗鴉，此後抱著把玩顏色的心情，幾乎每晚都藉由塗鴉來貼進自己的內在，也以此與內心對話；而身邊的紙張、記事本、桌曆等…，少見乾淨的，總留下我許多紛亂的筆跡…，不過也有幾張是清楚可見的，而這些影像或有幾許熟悉感，彷彿是在累劫的輪迴中相遇過；就這樣將畫畫重新接上了。」

　　玉雲也嘗試在92年、93年到一家私人宮壇靜坐，期間所寫文字，「它讓我對生命的態度及人事物的對應關係，有著不同的體會，並藉著這些文字的呈現，關照自己、調整自己，也期許自己能以正面積極的想法，處理生命裡所發生的各種風貌。」

　　啊！原來玉雲經歷了這麼許多身心變化，她卻默默地尋找出路，咀嚼著生命給她的考驗。

　　宗教與藝術大約是人類心靈困頓時，給予撫慰的兩條出路。玉雲蕙質蘭心，有了繪畫能力，能將內心的糾

2

結與昏亂，藉著畫筆整理思緒。再有了到宮壇靜坐的機會，得以返回自心深處，觀照念頭的升起與止息。筆者從事民間宗教研究，知道許多民間人士，尤其是婦女，在人生窮極末途時，或在生命關卡時，透過信仰不但得以自救，也能利他。玉雲如同會靈山的靈乩姊妹，她的宗教文字體驗，醒世文，如同一篇篇教化群眾的乩文。玉雲也如同 New Age movement 新世紀宗教運動者，不拘泥宗教形式，只管掙脫生命的桎梏。從玉雲身上，我體會到人類有摸索真我與大我的本能，生命不只是一己，也不只是當下，生命永遠朝向永恆，期待與宇宙再次融合。

　　玉雲用她的彩筆與文字，鼓舞了我們，當生命向你挑戰時，你可以溫和地承受並且旁觀地描繪出來，這本身即是一種療癒過程。本書雖然是玉雲的個人塗鴉，卻畫出許多人物的共同心聲，心靈的滿足不假外求，在於內心的恬靜與平衡。

　　本書主要是玉雲十多年來的隨想隨筆，穿插幾篇情感的抒發，以及 20 幾篇在靜坐的日子，心有所感而寫下的醒世文與日常記錄，配上油畫素描以增添美感。走筆至此，我深深地以玉雲為傲，雖是沉默的塗鴉，卻發出無比的力量。

文字洗練顯現信心飛揚，
圖畫質樸更為實意自然

　　有人作畫是自信滿滿，不在意人言耳語；而有人作畫是戒懼謹慎，很怕畫錯了被笑；有些人作畫是滿足從小不被認可發展的興趣；也有些人只是將作畫當成日間工作緊繃的放鬆法門。

　　看人作畫真的滿有意思，每個人態度目的都不一樣，玉雲的繪畫技巧並非多麼高超嫻熟，但你可以看到她的專注態度實在少有人能比，而且一旦開始就是全心的投入，不苟言笑的直到完結，身邊不經意的響聲都可能會嚇到她。

　　玉雲每次畫完都會將作品貼圖在臉書上，而且都會附上一篇短文，別人大多是寫下繪畫心得或述說心境，玉雲寫的卻是抒情的現代詩或者是短小有趣的散文，很令人驚奇的是文筆非常生動有意思，那是會令人莞爾會

心一笑的佳構，當下我就曾勸說玉雲可以考慮積累文圖出版。

　　後來，玉雲因為退休回去花蓮，也是為了就近照顧年邁的母親，此時

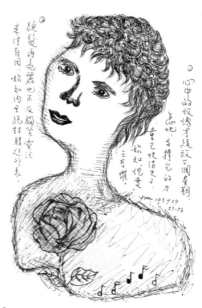 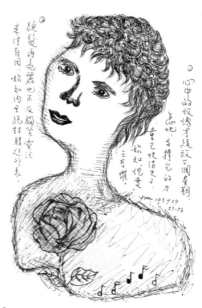
她的思緒更加跳躍飛揚，身邊隨便的一張雜紙都能拿來即興速寫，隨手拍的照片也可以塗鴉改成自己的心中意象，真可謂是天馬行空毫無限制。

　　欣賞玉雲的文圖，重點不是看她畫的多像多麼寫實，我們常聽到有人形容小孩子的想像力多麼精彩，我會說很多小孩子的內心世界都比不上玉雲的豐富度，我非常訝異玉雲是如何一直保持對生活的好奇心？玉雲的文字造詣確實是高於圖畫甚多，但是如果夠細心的話，你會讀懂那隨興塗抹的圖畫裡暗藏之豐沛情感！這情感不會比文字少，質樸卻是真實的呈現。

　　玉雲，我要恭喜妳勇敢的走出了這一步，當然也期待日後持續不斷的發表成果。

民豐　筆於台北

6

【遇見自己　經驗自己】

對畫畫開始有興趣是高中畢業後，沒有光影，技巧的概念，僅憑一己之隨興，而專科畢業踏入社會後，拾起彩筆的日子少了、斷了。

遇見自己

91年4月3日是我的重生日，這天畫下第一張不加思考的蠟筆塗鴉，那時任由左手、右手塗抹，從下筆到收筆，從不知會畫出什麼到不可言狀的完成，除了驚訝！不知如何解釋，常認為不是我在畫，是靈在畫，故稱之【靈的畫】；此後幾乎每晚藉著塗鴉和自己貼近，過程中腦海常會浮現一句句的文字，於是【靈的畫】以【雲的話】呈現出一篇篇的圖文，這些圖文帶給我莫大的安慰及情緒的釋放，也療癒平撫了恐慌不安；而在重新接上畫畫的同時遇見了自己。

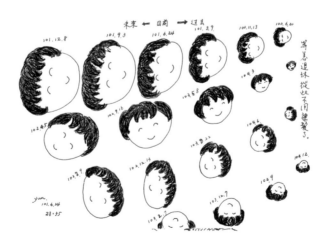

經驗自己

　　某日午後塗鴉時思索著什麼是「春天的顏色」？突然豁然開朗，一場病後，帶給我的是一個全新的破局，也不再那麼拘謹羞澀，原來生命的春天在中年以後已悄悄到來；不晚、不晚，我喜歡這種感覺，想著不管生命的春天何時到來，它都是一個真、一個善、一個美；而後也透過曼陀羅心靈繪畫，看到自己內裡的變化。

　　自91年重生開始至92年多以蠟筆塗鴉為主，並自闢一塊「藍地塗鴉區」，蒐集所塗抹出的一張張臉孔，並記錄下當時的心情，而這些人像總有幾許熟悉感，彷彿在累劫的輪迴中相遇過　。

重生的四月！藍地只想無所牽掛的保有曠達的靈，因此做最真實的呈現。（91.04.27　）

充滿童心未泯的五月！化身為「雲」剪刀手，三千煩惱絲任我「ㄎㄚ　ㄘ！ㄎㄚ　ㄘ！」　不管看上那款髮型，復古、少淑、童稚、髮髻，顧客至上的服務喔！
（91.05.29）

六月！從失落到渴盼，從泣血至解脫，從昏昧漸至明晰，順著生命的軌跡，呈現不拘的藍地。
（91.06.28　）

溽暑的七月，用愛在藍地揮灑著心情，用畫記錄了這個月的破框而出，最後一天的那一滴淚觸動心弦，想和他一起哭泣，卻換來不知所措的我。

(91.07.31)

帶我飛吧！翅膀！哪在乎男人將上帝的傑作量化，「這腰２２，臀３２…」美！飛舞吧！在八月…

(91.08.16)

一顆顆縫補的心，匍匐著藍地，真似假時假亦真，考驗處事的智慧，檢視九月的心境。

(91.10.04)

蟄居已久的黑洞，啊！給我陽光、給我水；倦鳥知返的我，十月！引我一條路吧！讓疲憊困頓的心得著釋放。

(91.10.25)

靜默…看～心境的轉化……。

(91.12.30)

黑白是種美，一種質樸的美。

(92.06.11)

我很清楚這顆心從９２年下半年起是浮動焦躁的，慾望交織著膽怯～前方的路躍躍欲試，這突圍的窘局～誰啊！能阻撓！

(93.01.23)

　　９２年下半年畫少了，大多以原子筆素寫為主，以為有些事已成過往雲煙不再內心激盪，但從畫裡隱約可看到不管

是過去的、當下的，甚至是心情的起伏變化，都在心中留下曾有過的痕跡，而我能做到畫過而心隨空嗎？

　　後來因著身體的不適，欲平衡身心靈而尋求宗教信仰，93年這期間因靜坐的關係，常對一些相起有所感覺，素寫的圖像轉變成一篇篇醒世文，這些文章讓自己有著很奇特的經驗，明明自己從沒寫過，但那些文字卻自發性的寫了出來；又彷彿是個歷練很深的長者，苦口婆心的勸戒、鼓勵大家要向善，希望人們從中體悟這一趟「人身之旅」的終極目標。

　　隨後，原子筆已成日常記事素寫塗鴉的主要工具，一直到現在都還保有隨想隨筆的習慣。

　　末了；單獨的生活而不孤寂，蛻變的生命充滿驚嘆，聆聽心音，想著如果是「靈魂選擇了軀體」，那麼它亦選擇離去的時點，只能向前的生命啊！必要越挫越勇。

　　寫於 107.09.15

10

圖：72.05.27　　文：91.08.20

繽紛

曾經多事，
為紅塵染上繽紛色彩，
岑寂多時，
再次造訪心靈的色彩！

是時間改變了空間，還是空間穿梭在時間裡，
交織著滄海桑田的生命。

91.04.13

圖：72.05.29　文：91.08.20

綻放

紫色大岩桐美極了，
細膩的心只想讓它保有綻放的
容顏，
近日整理，
興奮的對母親說：
「媽，這是您 72 年種的花せ！」

老人家已不復印象了，
而我很高興能為母親保留
這樣的記憶。
這容顏啊！
猶若母親慈悲的心，
永遠綻放。

圖：87.08.30　文：91.08.20

老情人的玫瑰

七夕那天老朋友遞上一朵玫瑰花，
情人在生命中已經缺席很久了，
委屈他當一天老情人吧！
這輩子連本土的玫瑰都沒收過，
更別提"進口"的玫瑰了，

它的確美，
美的令我不忍目睹它的凋零，
畫著，畫著…
午夜2點多，
老情人的玫瑰逐成永恆。

91.05.29

溫柔的容顏

是這樣的一張容顏，
框住了女性自我設限的桎梏，
不敢使壞。
小時候，長輩說：「坐要有坐相」，
高中時，三民主義老師說：
「淑女笑不露齒」，
及長，媽媽說：
「外面壞人很多，要小心交友」。

框裡，年華漸去，
跳脫不出一個懂我的人。

是這樣的一張容顏，
瘋狂的想大剌剌的畫上個 X，
桎梏 bye - bye，
找一個懂我的人，
好想使壞。

91.05.30

「Popeye！help me！」

Popeye the sailorman！
Popeye the sailorman！
Wu！Wu！」
「Popeye！help me！」
任我聲嘶力竭，
你還是無法從 Bluto 的手中，
搶回那神般的波菜，
恨此身非 Olivia，
難讓你展現英雄救美的英姿，
「Popeye！help me！」

Bluto 強灌了你的波菜，
ㄅㄥ！ㄅㄥ！
千斤頂般的神拳輕輕一揮，
ㄚ！來不及了，碰！碰！
淚水模糊了視線，
泣入悲嘆的右鞋，
血脈悸動了心碎，
淌入哀怨的左鞋。
虛弱的喊著：
「Popeye！help me！」

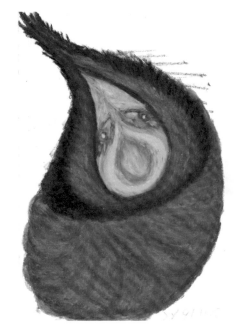

91.10.05

老天的淚

雨，是老天的淚，
過與不及都是缺陷，
過，
來自於人類的貪心枉求，大地反撲。
不及，
來自於人類的暴力相向，飽嚐苦果。
只有在人不貪不求和平共處時，

老天才會落下喜樂的眼淚，
滋長萬物，為一個良性的循環。
大雨、大雨，下不停，
我看見老天悲傷的神情，
也看到人們憂愁的容顏，
老天知道為何下這場雨，
人類無知不懂望雨興嘆。

91.11.12

我的思念

我的思念該訴與誰說，
白雲說：「我載不動妳沉甸甸的思念」，
雨滴說：「我只會淋濕它使之降溫」，
星星說：「光害太深，恐難傳遞」，
唯獨小溪天真的唱和著，
我帶妳去見大海，
大海說：
「思念也像滄海之一粟，不必過於放大」，
我只好將思念訴與靈知，
靈說：
「妳最近心思太亂，連金剛經都唸得不專心」，
我想他會像我一樣偶而把我想起嗎？
靈說：「隨他去也，精進點。」

92.03.14

生命的循環

生命像門鎖，
內是豐富的寶山，
我欲開啓生命的鎖匙，
發掘無垠的寶藏。

生死是墳墓，
內是再生的蘊釀，
你埋葬我無知的肉體，
卻，
散發靈魂的光芒，
於荒塚。

情緒性的恐慌糾葛，從空洞的眼神溢出，
遙向那未知的星子。

91.05.03

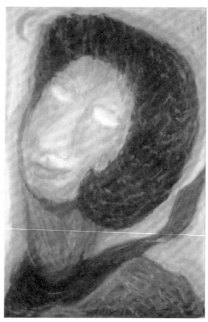

◀我如鉤的髮梢，只為與妳弦月般的眉畫一個圓，我撒嬌似地酪酊在皎月懷裡，肩上的暗紅是邁向第三個一十八的幸運。
（ 皎月為友人「桂」）

92.04.01

皎月摯情

好像妳是老天為我預備的，當大夥兒對我的症狀習以為常時，妳出現了，我如絲棉般地黏膩著妳柔切的關懷。

漸次地談及，我的打坐經過，妳對【心經】的體悟；妳的文學詩作，我的喜好塗鴉；原來妳也喜歡畫畫，有時偷點時間分享畫，分享妳那迷人的文字。

妳說：「我們是一起在美術之河裡的兩滴水滴，一起流過臭水溝，一起穿過小溪，一起向大河向大海奔去，然後，無法分清楚誰是誰。」

我則認為：「奇妙的緣份總會在適當的時點，拉進適當的人，一起相處一起走過困境」，所以不管在不在一起，我們都是一起奔向大海的兩滴水滴。

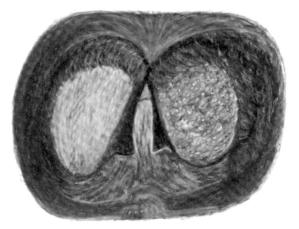

92.08.19

是多少世的累積才能如此奢侈，　　　是多少回的交心才能如此放縱，
啜飲一方小角落，　　　　　　　　　我收藏頰上的粉跡，
妳的鮮蘋果汁，　　　　　　　　　　這秘密只許妳來讀，
我的甘菊茶。　　　　　　　　　　　在不同的思維裡，
　　　　　　　　　　　　　　　　　交織著相同的理念，
　　　　　　　　　　　　　　　　　那未竟的路上，
　　　　　　　　　　　　　　　　　我們同行。

不是每樁事都可以放棄，本份內的放棄不代表
捨得放下，反而是一種逃避。

91.07.29

92.10.05

破碎的臉

忘了從什麼時候開始，
擁有的是一張破碎的臉，
眉宇之間深鎖著憂愁，
這憂愁啊！

是串成自縊的繩索，
而今細看再三，
原來「解鈴還須繫鈴人」，
啊！
我終於明白。

想做什麼就去做，生命不是該如此嗎？這
份率性不正是歲月累積的最佳證明嗎？

91.08.04

92.12.31

我想跳舞

我想跳舞,讓律動填滿心靈,顧不得思潮澎湃。
我想跳舞,因思想邏輯失去自然,生活該活潑。
我想跳舞,職場上勾心鬥角,不如與自己共舞。
我想跳舞,僅舞蹈是藝術的極品,身心靈合一。
我想跳舞,我真的想跳舞,讓煩悶隨舞花飄逸。
我想跳舞,靈體合一不容易,她要我舞出挫敗。
我想跳舞,那方向等著我用曼妙的舞姿迎向她。

92.12.28

心情的肖像

我小心翼翼地收藏心情不顯露，
但總在不經意時悄然寫於臉上，
以為，
毫光引展眉宇的翅膀橫越叢林，
呼吸隨著翱翔曠達生命的樂章，
眼神銳利的細看心情轉折變化，
而我的夢還貪婪著唇瓣的溫柔，
不願飛，
不想飛，
靈裡如織無奈落下沉重的淚珠，
澆灌頰上葉片，
滋長的根再度纏繞著我的靈魂，
額上夕色隱沒，
折翼的痛隨風紛竄，

墜落 ...

92.11.09

靈思

靈思，
帶我飛吧！
我已輕卸妝扮，
削薄短髮，
掏空秘密園地，
繫上了幸運絲絨，
笨拙的身軀也羽化。
靈思，
帶我飛吧！
掙脫軀殼是屬靈的自由，

飛舞！飛吧！
且隨意帶動筆桿，
一筆一畫的讓人驚艷。
飛吧！
靈思，
因著祢的引領，
飄灑創意花瓣，
就讓創意變成記錄，
在記錄的過程中貼近心性。

93.06.26

柔情

思索著
該如何想你
繾綣的影像
從深邃的瞳仁快速閃過
透光的玻璃體
過濾著模糊的花海往事
我
選擇一種
溫柔的心情想你

93.01.29

假體

人字撇捺來訴情
撇開假體我何在
捺如刀痕戒罪藪
我來我往我是誰
髮飄情飄魂飄飄
眼空腦空心空空

不要用邏輯思維來框架生活的教條，只要簡
單、清心、自在便是最完美的了。　　　91.08.26

TO REMEMBER

93.01.03

存檔

偶一瞥見
那柔情眸子
藏著甜蜜的陰謀
只需一秒鐘的時間
存檔 存檔 存檔
影像已被竊取
無從知曉的解析度
由 Delete 執行正義

青春，永不回頭的東西

93.01.05

青春
在清淺的笑靨上
追逐浪花的激情
青春
揮灑羞澀的年代
它
迤邐成一個塚
我摒住了呼吸
看
雲鬢斜織的歲月
嘆
人生浮華如朝槿
待
暈紅餘暉映秋波
而
青春已撫摸不到

生命之流是理性與浪漫的分野，舞動夢想的裙襬，
隱入浪漫的密地，理性與浪漫更迭妙境，體驗生
活的活潑，延展生命的風貌。　　　　　　91.09.03

友誼是泓溪流。我掬水，掬，那雋永之水。　　91.09.17

圖解：此圖由大
圈圈漸漸畫到
小圈圈，然後畫
到點，並藉此體
會到歸屬感的真
意。

93.05.23

歸屬感

在一個團隊裡，
人滾動自以為是的歸屬感，
但誰又真正的在乎過誰，
誰又曾認真的去記憶誰擁有的特質，
而這份歸屬感是多麼的自我界定啊！
既是如此，明白了這點，
是否被認同，是否有被歸屬便不再重要了。
更不要將一份抽象的感覺標籤往自己身上貼，
既已在一個團體裡，理所當然歸屬於它了，
不須將自己抽離，
那只會產生矛盾情節，
當歸屬感不再腦海晃盪時，
才能看到自己的點愈來愈小，
最後和團體融合在一起，
而那時便能明瞭歸屬感的真正意義了。

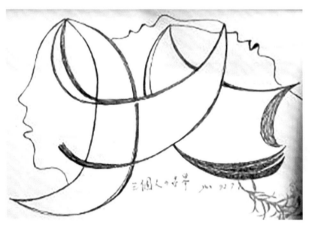

93.07.07

三個人的世界

　　三個人可以是「三個女人構成一個菜市場」，能夠這樣是很快樂的，話題或許毫無建樹卻能樂在其中，那是一種悠閒。

　　三個人可以是「三人行必有我師」，能夠這樣也是件快樂的事，三個人可透過腦力激盪，挖掘出新的能力，這是一種發現。

　　三個人可以是「愛人眼中的細砂」，這是一種紛爭，快樂的背後隱藏著傷害；這更是一種煩惱，愛之欲其生，恨之欲其死。

　　三個人可以是「你永遠看不到第三者的存在，而他確實在你左右」，這是一種干擾，只有經歷過的人才會相信他的存在。

　　三個人的世界有美麗有哀愁，可以很簡單也可能很複雜；三個人的世界行不行，就事而論，見仁見智。

93.07.17

情愫

突然，很想唱歌，　　　突然，很想哭泣，
我知，你愛聽歌，　　　我知，你會心疼，
感覺，你已遠去，　　　感覺，已經遠去，
而我，歌不成調，　　　而我，泣不成聲，
你，依然在我心裡，　　你，依然在我心裡，
我，喚不回昔日感覺，　我，喚不回昔日感覺，
能否想通，能否重來，　無法想通，昨日難再，
交給時間，我無法作答。　扼殺感覺，我不能理解。

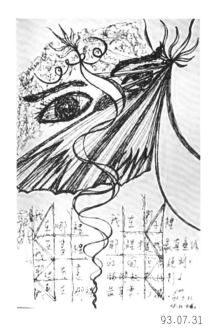

93.07.31

我在哪裡

我在哪裡
我在畫裡
哪裡有畫
我就在那裡
哪裡有我
影子裡有我
那裡
才是我最真無偽的一面
只有
銳利的眼神
能透析影子真實的幻滅

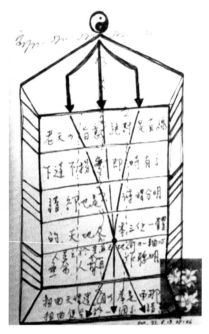

93.08.13

老天的旨意

老天的旨意絕對是直線下達不拐彎，
即使是有交錯的地方，
也會條理分明，
天地人本三位一體，
人是立於宇宙天地間的一個重要軸心，

奈何人類太聰明了，
自行解讀老天的意旨，
扭曲天理還自以為是，
而，
這交錯點就是被扭曲的所在。

一個美麗的結繫住了內在的生命力，它的意涵是提醒
或陷阱？提醒：老子道德經裡的〈挫其銳〉？陷阱：
生命力在這美麗的粉飾下終究被捆綁了。

91.09.25

93.10.10

初秋湖畔

初秋的風，
拂過灰濛的心湖，
湖映青山綠樹，
波動風情萬種，
風悄悄地問湖：「會好奇我的行蹤嗎？」
湖靦腆的回答：
「可以好奇嗎？那會是種莫名的尷尬感覺。」
是啊！可以好奇嗎？
初秋的風，
撩起湖心的悸動，
湖只想，
擷取湖畔的一抹粉紅胭脂。

93.11.01

愛情咖啡

我用愛情調配一杯香醇的咖啡，
佐以浪漫的糕點，
等待一個懂我的人，
在時間的流裡，
愛情漸漸走味，
浪漫只是空談，
汲汲營營的現實生活中，
懂～被遺忘在角落裡，
懂～也像易碎的磁杯經不起考驗。

咖啡對茶匙說：
「我已靜如止水，請不要再來翻攪我心湖。」
茶匙無語依偎，
心想：「我就是最懂你的，愛情好比平行的蝴蝶結，
而你卻渴望他們靠近。」

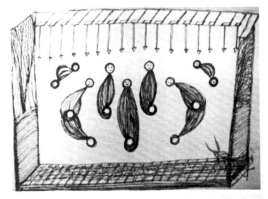

93.12.31

落幕

這帷幔的落幕只是中斷觀賞者視覺的連續，
幕後的主角繼續上演著他們的戲碼。
著實驚訝於你竟能主導自己落幕的這一畫面，
且早已知道會有這麼一天，
只是被不捨之情牽制著遲遲不願下台；
你在暗處操控著我一起演出這場戲，
而我始終不願承認你的存在，
如今一切真相大白，
繞了一大圈，
還是回到原點。
明瞭之後，
我不認為這戲碼是你編導的，
一切都在老天的安排當中，
只是在一個最適當的時點，
做出最完美的解決方式；
真的落幕了嗎？
你飛向有很多仙女的仙境，
而自己也邁向一條倍受老天考驗的路。
這帷幔重複著落幕、開幕，
而老天編排的戲卻永無落幕的一天。

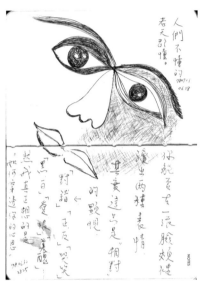

98.06.30

兩種表情

你能否在一張臉頰裡
讀出兩種表情
其實這只是相對的顯現

「對、錯」 「正、反」
「哭、笑」 「黑、白」
「愛、恨」 「美、醜」

然我真正想的是
如何穿透你的心思

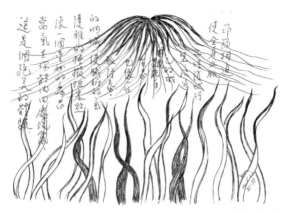

101.05.21

氣的體驗

這是個絕美的體驗，
當氣在你體內四處流竄，
像一個曼妙的舞者，
優雅的撩撥阻塞點的吶喊，
使臟腑的氣脈舒泰；
也像一位王者捍衛自己的城堡，
疏通每條護城河，
使全身血脈節節相通。

不同的靈魂有不同的生命態度，以尊重的角度
觀之，始知寬心之無礙。
91.09.26

一份約定

　　你素淨的佇立在那兒，守候一份約定，這約定早在三個月前就說好了，我依約前來，為的是妝扮你那淡雅的容貌，隨後寂寥的長廊因著繽紛的色彩而顯得活潑許多。

　　來了，青蛙公子說：「我就住在生圖館隔壁的生態池裡，怎可落人後呢？」於是第一個來簽名報到，嘓！嘓！嘓！這位訪客近乎聒噪的，總不放過對每一幅畫的批評與讚美；而你依然靜靜地挺立著，讓我有最堅實的依靠。

　　羞澀的月光，只願在夜闌人靜時悄悄來訪，她微笑地輕移步伐，彷彿是畫者的最佳心靈捕手；而蟄伏一整個冬季的眼鏡蛇，挑了個晴陽高照的日子，緩緩地來到展場，他倒像是一位令人敬畏的老學究，只管撐起那厚重的眼鏡，仔細的分析著每幅畫的筆觸；長廊的另一端，此起彼落的閃光燈，讓氣氛熱鬧不已，原來是螢火蟲忙著拍照留影。

　　還有誰？還有誰沒來的；風說她已經闢了一條賞畫香徑，觀賞者已陸續上路了。

　　我和你的約定即將落幕，感恩你和聚焦的投射燈無所求的讓我以最美麗的姿色映入瞳孔的深深處。

94.05.02

後記：在游藝社畫畫，很幸福的參與聯展，那時想著，這應該會是這輩子唯一一次的參展，也想著該為這個畫展留下怎樣的記錄？因此以擬人法的方式，寫下這篇畫作與畫牆間的約定及展場賞畫者的心情。

2005 年中研院「游藝社」首屆聯展─初春驚蟄

一、時　　間：94 年 4 月 11 日起至 5 月 6 日，每週一至週五 8:30 ～ 21:00、週六 8:30-17:00

二、地　　點：中研院生命科學圖書館美學空間

三、由鍾民豐老師帶領本院喜愛畫畫的學員共十八名參與聯展。

97.06.24

夢境

我來
是
因為
被需要
那舞台
是一群長者
給予的
這夢境
將被執行
破蛹而出
的
彩蝶
飛舞著
一生的
命運

生命的黑洞如髮絲綿延，一顆潔淨的心不放棄
任一希望，尋覓那出口。　　　　　　　　　91.09.29

淚滴是內心深處驚慌失措的吶喊，用那粉紅柔
情網住。　　　　　　　　　　　　　　　　91.10.03

人、事、物的對待，順勢而為最自然不過了，
一如拼圖，我不足之處由你填補。　　　　　91.10.05

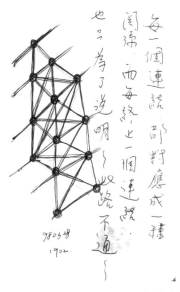

每一個連結 都對應成一種
關係 而每終止一個連結
也只為了說明 ～此路不通～

98.03.28

連結

每一個連結
都對應成一種關係
而每終止一個連結
也只為了說明
～此路不通～

沙漏似的心靈，不斷接受外界的填塞，看似豐盈；
但，置之不理不予翻轉，將不知空靈之可貴。

91.10.07

100.03.26

開端

任何事物都有一個開端，
這個開端就好比我們的思想觀念，
觀念正確，
做起事來無往不利，
若有所偏執方向錯了，
那將會倍感挫折。
而這個開端一被啟動時，
它的爆發力不是你我想像得到的，
也不在我們的控制範圍內，
就像這次日本的核爆事件，
影響的不只是日本，
其輻射問題將波及整個大環境的生態。

101.06.26

慾望

女人對花的迷戀，
一如，
貓無法抵擋魚兒的誘惑般，
然，
生命的實相是，
女人、花、魚兒、貓各自獨立，
這迷戀、貪婪，
是來自動物性本能的慾望。

情緒

人高傲的自許是情緒的主人，
圍堵它的存在，
殊不知，
情緒，
已掌控了你臉部肌肉的線條。

101.07.03

美麗的結不要繫在我心上，
只因我渴盼得著釋放的喜悅。

91.10.08

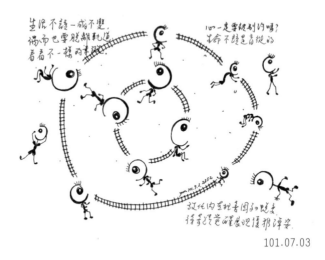

101.07.03

脫軌

心一定要被制約嗎？
生命不該是盲從的，
生活也不要一成不變，
偶而脫離軌道，
看看不一樣的景致，
且放任內在因子的狂喜，
待奇蹟覺醒後展現優雅綽姿。

文字的描述，有時候讀不到表情，感受不到溫度，可能因而產生
了誤解空間。

106.08.19

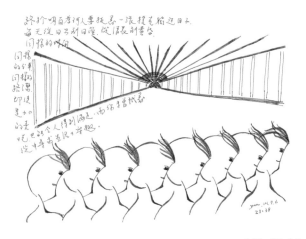

101.07.04

撲克臉的人生

終於明白人為何要扳著一張撲克臉過日子，
每天從日出到日落、從清晨到黃昏，
同樣的時間、同樣的公車、同樣的路線，
在這過程中，
即使是小小的喜悅也能令人得到滿足，
而你卻未曾試著從中尋求生活的樂趣。

幸福就像翅膀，引領我們飛越披荊斬棘的路，
突破瓶頸。

91.10.19

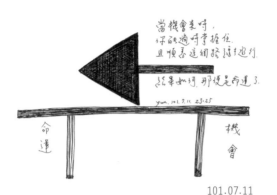

機會和命運

當機會來敲門時，
你能適時掌握住，
且順著這方向進行，
結果如何，
那便是命運了。

101.07.11

潛力

人的潛力，
就如同一個寶瓶，
悄悄蘊釀於自己所不知，
一旦衝破了瓶頸，
勢如破竹般，
將讓人刮目相看，
所以萬萬不可看輕自己及他人，
每個人的過人之處，
老天早已安排。

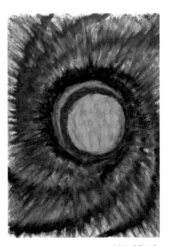

101.07.19

目光穿透，海市蜃樓一場空，光年穿梭，浩瀚宇
宙無窮盡，波譎雲詭是事實，道體玄妙是根源。　　91.10.25

圖： 98.12.11　文： 101.07.15

大自然的律動

每個人的內心深處，
都有屬於自己的渴望及感動，
那是源自於大地的呼喚；
當一切回歸自然時，
也就是所謂的「返璞歸真」，
你不必戴著面具虛與委蛇，
而與大自然同在，
一切的一切是那麼的真誠踏實，
在內心觸動這份真實時，
將會快樂無比。

49

101.07.23

青春

我打開記憶匣子，
欲探訪青春的足跡，
而青春回我：
「人不輕狂枉少年」，
除此之外，
它被拒於匣門外，
任我死命的拉近，
也拉不回青春的容顏。

泥是蓮花依存的地方，它像地心引力一樣下拉，
然而超越的翅膀拉升了蓮花內在的本質，才能
展現其優雅的姿態。

92.11.10

101.07.24

自信的特徵

這張圖是由許多小勾勾連接成線成面，
最後連成兩個不同的面相，
其間最大的差異在於自信心的呈現。
自信心強的人，
即使是頂著西瓜皮的髮型也覺得很漂亮，
再者眼神散發出的澤度是犀利的，
就連穿流鼻孔的氣息也較順暢，
甚而嘴角仰起的角度也是完美的；
而缺乏信心的人，
身形都虛掉了。

人以鎖鎖住最至誠的心性，卻渴望別人
開啟緊閉的心靈，這是人性矛盾之處。　　93.12.07

信任

當朋友間的信任瓦解時，
內心的衝擊是不可言喻的。

101.08.25

對質

止不住紛亂的思緒，
最終導致容貌的扭曲，
而這是一件困難的事，
我必須和自己對質，
檢視因與果的形成。

101.10.11

人生就像走迷宮，只有勇於探究迷宮裡的寶物
者，才能體會生命的真諦，也才不虛此行。

95.03.08

從小到大，一顆心承受了多少的傷痕，受傷了又癒合，隨著癒合後又受傷，大大小小的傷疤數也數不清，也因此串成了「心」的歲月，更刻劃出心的韌度。

101.12.11

「心」的歲月

從小到大，
一顆心承受了多少的傷痕，
受傷了又癒合，
隨著癒合後又受傷，
大大小小的傷疤數也數不清，
也因此串成了「心」的歲月，
更刻劃出心的韌度。

將想法付諸行動，由行動表達執行的力量，
否則一切都是空談，付諸行動你將發現，
嘴角揚起了微笑的花朵。

98.02.11

101.12.30

風向雞的命運

天不再是天　　　　　　美葉肥蛆吸引著空洞的眼神
地不再是地　　　　　　我隨著風擺動
我的一生因風而存在　　不需晨鳴
目前指著八點鐘的方向　沒有主張
是西南風　　　　　　　失去想法
這是風向的指標　　　　垂死的魚已釘上十字架
但對我毫無意義　　　　掙扎只是枉然
華麗的鞋是腳鐐　　　　天不再是天
爪子的彈性觸感早已退化　地不再是地
　　　　　　　　　　　風向雞註定是風的傀儡

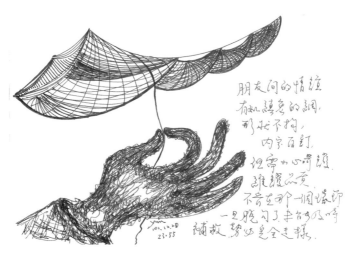

101.12.20

友誼之網

朋友間的情誼，
有如縝密的網，
形式不拘，
內容自訂，
但需小心呵護維持品質；
過程中，
不管在那一個環節，
一旦脫勾了，
末能及時補救，
勢必完全走樣。

有時候會被莫名的情緒捆綁，
這情緒如沮喪、失望、悲傷等，
而這些都是無明的火苗，
燃燒整個胸口，
並將自己陷入無助的境地。

無明的火苗

有些時候會被莫名的情緒捆綁，
這情緒如沮喪、失望、悲傷等，
而這些都是無明的火苗，
燃燒整個胸口，
並將自己陷入無助的境地。

101.12.29

機會

我深信
沒有永遠的最後一名
總有
迎頭趕上的機會

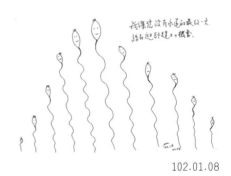

102.01.08

飛吧！只要願意展翅，總會到達幸福的彼端。　　98.02.13

不論是什麼形狀的線條
它的組合能讓人產生
愉悅的感受便是美.

線條

不論是什麼線條
它的組合
若能讓人產生愉悅的感受
便稱得上是「美」

102.01.17

捆綁的靈性

做繭自縛般的捆綁靈性八萬四千年，
祈求老天悲憫，
讓我有抽絲剝繭的機會，
老天應許的是：
「凡事秉持一貫誠懇的心」

做繭自縛般的捆綁靈性八萬
四千年 祈求老天悲憫 讓我
有抽絲剝繭的機會。

老天應許的是:「凡事秉持一貫誠懇的心」.

102.05.01

因為不適合，所以會生病：
這是因果論？還是存在論？　　　98.03.19

畫了一隻貓

冷不防
夜裡
畫了一隻微笑的貓
不偏不倚
正巧
進駐女孩空洞的心房

102.05.28

秘密

這是一個秘密喔，
因為是你才得以分享！

102.07.28

思考太多舉棋不定時，別人已掌握先機了，
因此一股傻勁反能勇往直前。

98.03.30

我不知道該如何向家裡的狗狗表達「我想瞭解牠」，
不過我想如果牠眼裡看到的我是這個模樣時，牠就會懂了。

yun. 102. 9.13
21:25

102.09.13

同理心

我不知該如何，
向家裡的狗狗表達：
「我想瞭解牠」，
不過我想，
如果在牠眼裡看到的我，
是這個模樣時，
牠就會懂了。

應用繪本開啓談話，這將會是一個很有趣的玩意，
並藉由此培養創造力。　　　　　　　　　98.04.13

只要是想得到說得出來的事情，就絕對可以
做得到，那麼堅持到底是唯一的良方。　　98.04.15

102.08.07

大人小孩大不同

傍晚時分，
林家的小孩阿輝拉起爸爸的手說：
「爸爸，帶我去溜滑板車，好不好！」
於是父子倆就在廣場溜了起來。
這時耳際傳來汪汪與吱吱竊竊私語著，
吱吱：「小輝溜得好棒喔！那滑板就像他雙腿的
延伸，絲毫不吃力。」
汪汪：「爸爸雖然面帶笑容，但平衡感似乎不太
好，還在測試當中。」
對吧！誰說大人一定就勝過小孩，
小孩單純無懼的心勇往直前，反而學得快；
反觀大人，雖然經歷過大風大浪，
但對於自己未嚐試過的事情反倒拘束了起來。

圖： 102.06.19　文： 102.08.11

嗨啾

沒有任何線索
謎樣的
你出現了
前世的記憶
在孟婆湯的洗滌下
一乾二淨
我搜尋流水桐花裡的微影
在靈魂交會的剎時
僅存
那雙眼神
是我熟悉的
今世的重逢
只為了
了一段不可知的因緣
而後
不管能否梳理出一絲線索
我都會將你放在手心上

做自己

102.09.08

在工作中無法做自己，
需兼顧情理法，
以公平公正的心做好帳務上的把關，
對得起自己的良心，
便對得起人民所付出的稅金，
就可以了。
在繪畫的領域裡，
可盡情揮灑不受拘束，
不看別人的眼光，
只要聽意見加上自己的判斷，
就可以了。
最起碼，
可以自在的隨興畫一朵雲，
即使是別人不中意的雲亦無妨。

人際關係是一個環扣接著一個環扣，
若有所斷層，必有不圓融的地方。　　　　98.04.26

不論做任何事情，若能專注片刻，
便是莫大的享受了。　　　　　　　　　98.05.04

圖：102.09.20　文 :102.09.29

老人和狗

920 ～就愛你
時間凍結在這一天
送你一株花
歡迎你進駐滿一季
而再次走入畫裡相遇
框架人們視線的
依舊是平起平坐的你我
就愛你～ 920
老天給的戲碼裡
有我全力配合演出
縱使風不見了亦不再孤單

103.06.26

窩心的禮物

平常我總會趁著嗨啾不注意的時候,
悄悄地躲起來,
然後偷瞄牠找我的慌張樣,
並以此為生活中的小樂趣。
今晚夢裡從天上掉下了一份窩心的禮物,
我的小嗨啾竟是浪漫 100 分,
牠躲進了汽球裡和我玩起躲貓貓,
哈~來這套,
但刺不刺破汽球竟讓我難以決定。

103.10.06

哭泣的橄欖

小時候橄欖樹下是我築夢的地方，
一直深信，
每個人內心都有一個導引系統，
引導我們找到自己生命的舞台，
而今好不容易和藝術相關的路接軌了，
最後的最後，
還是選擇放棄。
今晚半夜驚醒，
忽見一顆橄欖向我泣訴，
而我完全明白個中的原因，
但已無力挽回了。

穿越時空找到你～

故事中的主角輪迴了七世，終於覺悟了。

乘著多啦 A 夢的時光機回溯到前七世

小毛是阿加第二個老婆的大兒子，
除了個性好強還算善良，
阿加是個財大氣粗的凡夫俗子，
因為財產上的糾紛，阿加不顧父子之情，
以極殘忍的手段害死了時年 26 歲的小毛。
因果報應絲毫不爽，
第七世的阿加投胎為女兒身阿佳，
其個性優柔寡斷沒主見，
從小身體就不是很好，
在她 12 歲時就被前世的兒子小毛找到了，
歷經了公雞拖木屐不可說的歲月，
某日，
阿佳終於明白前世的恩怨，
也欣然接受這一切，
而後她將以懺悔的心過完下半輩子。

103.05.25

想法：

這是一個無可考證的故事，因為筆下畫出了阿佳與小毛，於是就將它表達出來。

佛經上說：「假使百千劫，所作業不亡；因緣會遇時，果報還自受。」

也想藉著這個心裡所想的故事，來警惕自己要時時心存善念。

而 103/5/21 的鄭“捷”事件，

除了現世報之外，

是否在未知的某個時空，

也將呈現一個結，一個解。

107.01.24

大嬸說夢話

不是三姑不是六婆，是五位大嬸說夢話：

1 號大嬸：
花謝了，花會再開，太陽永遠都在，
它不畏懼陰暗，就好比我的自性
光一直都在，等著自己如何讓它明
朗。

2 號大嬸：
這是一條有趣的探討之路，
藉由時間的累積及空間的推衍，
透過心靈對話，了透真我的底子。

3 號大嬸：
生命經歷了無止境的輪迴，
這一世，
既已起而行，
就要行至淨土。

4 號大嬸：
蚌內的圓珠，幾經琢磨始成珍珠，
光采奪目下必是辛酸的累積，
而過程你看不到。

5 號大嬸：
生命的苦難總會在每個人身上出
現不同的啟示。

圖：92.06.02　文：103.02.23

夢

我該如何帶著所謂的「勇氣」、
「毅力」及「信心」去圓我那長
久以來的夢呢？
那夢是啥！
它，
在內心深深處。
那夢！
無法言明，
只知很亮麗，
無人知曉，
卻很實在。

理想像汽球一般，滿懷著希望，漸漸地，當沒有堅強的毅力時，它便隨著時間的消逝，也許多一分一秒的消氣，最終竟也無疾而終。

所以，有時候，放棄理想也等同於消氣的汽球，而我的理想也會這般嗎！

103.06.10

理想

理想像汽球一般，
一開始滿懷著希望，
當沒有堅定的毅力時，
漸漸地，
便隨著時間的消逝一分一秒的消氣，
最後竟也無疾而終。
所以，
有時候，
放棄理想也等同於消氣的汽球，
而我的理想也會這般嗎？

106.09.13

正念

宇宙天地之間
八萬四千法門
法法相隨
只要有堅信的心
一門深入
且以自己的根機契入
我想
總有開啓自性的一天
雖身處五濁惡世之中
只要秉持著
凡所有相　皆是虛妄
心不為外境所轉
由定生慧後
花開見佛

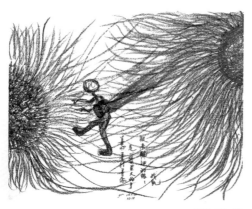

去我執

善心　善行　善念
是一隻巨大的手
拔除輪迴的根－我執

106.09.20

親愛的！我們都有歲了

過年後，
全家歲數加起來超過 600 歲，
是個幸福甜蜜的數字，
畫下成為親眷的我們，
框住了情親，
也留住了青春。

107.01.17

認真的態度是生活的必備良方，
用在任何地方都暢行無阻。　　98.05.24

107.01.25

終極目標

當人生的道路確定了終極目標後，
一切了然於心，
不再恐懼，
不怕無聊，
不會枯燥，
再多的困難，
過去走過五味雜陳，
現在及未來以一顆平穩的心勇敢走過。

思念是內心最深層的壓抑，它穿越無盡的隧道，
天知、地知、我知，你卻不知…
98.06.23

73

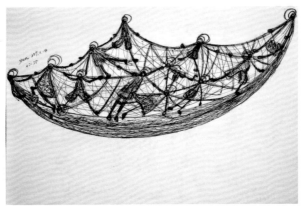

107.01.14

人的網絡

這是個有趣的發現，
不管你是多麼的不願意多說話，
無可避免的，
你活在人的聯繫之中。
每天，
從睜開眼睛到一天的結束，
你不斷的與周遭人群互動，
這過程不在你的想像中，
也不在你的安排裡。

每天，
不同的臉孔向你襲來，
包括看得到的與看不到的，
不同的話語，
來不及過濾，
它已穿越耳際，
這人的網絡啊！
早在你為人時就被註定好了。

思念是風，只是感覺卻捉不到，相思是樹，
深入紮根再隨風起舞。　　　　98.06.24

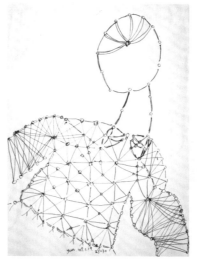

107.01.20

點線面

點線面是構成一張圖或設計的基本要素,而這張圖讓我思考著,什麼是人、事、物的點、線、面。

人：

每個人都是一個點,如果這個點是學校的校花,那她就會被聚焦,如果有兩個校花,那這個焦點就會游移浮動。

而兩個人連成一線,像朋友那樣,關係的面相就多了,可親密、可冷漠、可喜歡也可憎惡。

二線成一面,就像親眷關係那樣,感覺起來是穩定的;然而,當成員裡有不良的點,就可能造成關係的崩塌。

事：

每件事都是獨立的點,兩件有關聯的事可連成線,但要轉變成面,我想還是需要主角(人)的介入,事情才可能被處理,而結果完善與否,就是它的面相了。

物：

物的點線面基本上和設計的概念相通,但人的介入活化了它的面相;例如客廳的擺設,就是那樣擺放著,但當有人坐在沙發上聽輕音樂,物的價值就展現出來了。

107.01.18

心識

當心識為主人時,
猶如黑白兩支隊伍,
其複雜也像盤枝錯節的根纏繞著,
讓人的念常處於矛盾之中。
經由調息,
心識清淨後,
黑白兵隊也漸次統合,
念頭不再浮浮沉沉,
而這個中奧妙的轉變,
藉由清淨的心便能慢慢體會。

107.01.30

解惑

有時難免疑惑，
人終其一生，
真的可以主宰一切，
還是受控於不可知的力量；
但當有明確的方向時，
任何疑惑都能排除。

路是人走出來的，不管是遍佈荊棘，
或是遍野小花，都會是一個過程，
沒有悲、沒有喜，就是經歷過了。

98.10.27

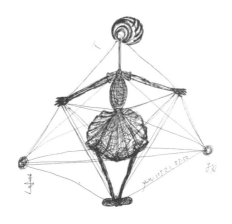

107.02.02

無我

學修過程中,
總被教化要「無我」,
淺薄如我尚體悟不出這真實義,
或者說:
當被一切人、事、物綁架也無所謂時,
這樣可不可以算是最粗略的體會呢?

過份依賴只會讓自己活得很辛苦。　　　　98.12.10

用筆記錄生活,證實時間曾駐足過。　　　　99.01.22

過去了

過去不管在那個階段，
所踏出的步調最適意，
也最令人懷念，
而只能向前看的路啊！
過去就讓它過去了。

107.02.05

無關容貌

我跟歲月說
雖然你像風一樣
侵蝕了容貌
但
有待開發的智慧
將隨著你的消逝而被造就

107.02.23

生活是一種過程，試著從中體會其美妙之處。　　99.03.10

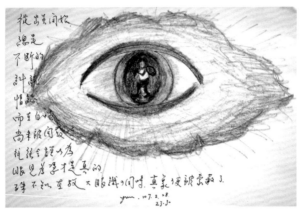

107.02.28

眼識

從懂事開始，
總是不斷的糾結情緒，
而在自性尚未被開發時，
往往誤以為眼見為憑是真的，
殊不知在放大眼識的同時，
真象便被蒙蔽了。

在平凡的日子裡，珍惜週遭的人事物，
勇敢的做自己！　　　　　　　　　　　99.06.04

不管環境如何阻礙，一隻彩蝶永遠會舞出最美的
姿態，來豐富自己的一生。　　　　　　99.07.21

跨越

前行的路啊！
每跨出的一步，
都是邁向目標，
不容許再浪費時日了。

107.04.07

慈悲乎！

有苦有樂的人生裡，
在光鮮亮麗的包裝下，
每個人都有不為人知的責任負擔，
就此想著，
如果能讓人不起煩惱心，
可也算是一種慈悲的展現？

107.04.09

能量＋自信＋誠懇的心 ---->
就足以面對一切難關。　　　　99.07.30

跳離現實

偶爾也想
做個美夢
浪漫一下
跳離現實

人總容易因境轉念
想法也常自相矛盾

107.04.10

精進

設能巧遇善知識，
並經由其引導，
以堅心堅信 100% 的真心，
精進一事，
那就不虛此人身之行了。

107.04.29

人要勇敢不膽怯，人要知足不奢求，人要惜福
不浪費，人要感恩不矯情，人要努力不懈怠。　99.11.12

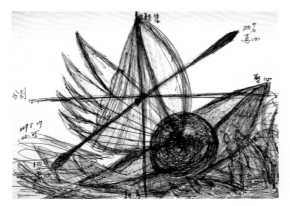

107.05.28

學修之路

學修之路，
好比坐上一艘小帆船，
它必須不畏艱困，
才能航向目標。

圖解：
以 「堅心 堅信 分別 執著」
構築了學修的座標軸，
也區劃出四個象限，
只有在 100 分的堅心及堅信之下，
才會有極致的真心信受教化；
而這航線不可能一帆風順，

亮彩的風帆翅膀，
隨時都和分別執著的漩渦拉扯，
航線偏了沒關係，
但要時時刻刻提起正念，
調整航線至第一象限，
便能自在向前航行。

107.04.13

舞裙的隱喻

隨想：
在生命的面前人人平等，
從生至死，
貫通了每個人生舞台，
而在不同階段穿著各式各樣的舞裙，
華麗也好，樸實也好，
只為跳出最適合的舞步。

另一省思：
生命的軸心好比不生不滅的靈魂，
不同的舞裙象徵每一個輪迴，
而每一次的輪迴，
都為莊嚴靈魂終極歸處所做的準備。

101.07.12

走過山林密語

清晨	午後	暗夜
雲霧透曦	山櫻花恣意嬌媚爭寵	隱沒孤寂的密地
舖灑一段詩路	花香翦影齊邀舞	音符滑過枝椏
逕自剪裁	春雨掃過	鎖住荒唐歲月
從古典到浪漫間輕語呢喃	滿地嫣紅	貓頭鷹低吟
摺成思念的長度	泣訴青春悲歌	林間密語
隨著陽光的身影延伸	獨留亭角仰天空溫嘆息	別問

當幸福以各種不同的姿態迎向你時，你心田必需
是敞開的，也要有絕對的嗅覺，才能嗅到那不尋
常的氣息。

100.01.30

圖： 101.04.05　文：101.09.28

送不出去的禮物

親愛的朋友：

　　3月中，拾起畫筆耕植了一園葡萄，那時心底想著種植成功的話，它將成為朋友你的生日禮物。

　　過程中，我報告了第一期的施工進度，而你的回應是「葡萄怎麼是紅色的，是否遭到有毒物質的污染」，嘿！這反應一下將我的熱情打落谷底，不過我還是繼續施肥，並期待它的熟成時。

　　經過了幾期的施肥趕工，還是達不到心目中外型飽滿，色澤鮮艷欲滴的果實，眼看就要收成了，那葡萄的果粒長得一副讓我送不出門的模樣，我只好推託是天候怪異的因素。

　　4月初終於完工了，經過專家的鑑定結論是「葡萄顆粒小又偏紅，品種應該不是巨峰的」；也許果實有點看頭了，我卻執著於葉子長得不夠美，一直到現在，朋友你的生日即將到臨，而那一園葡萄還躺在角落。

圖： 101.08.30　文 :101.10.23

Dear

Dear
那朵雲
有多久你不再抬頭看它了
索性
凍結歲月
走進畫布裡
顧影自憐

Dear
那風兒
有多久你不再感覺到它了
甘脆
吹拂湖畔
與風車擁舞
一支華爾滋

如果快樂可以量化，那麼一朵花一個快樂，
願我親愛的朋友，幸福滿滿，快樂滿滿。

100.05.11

101.10.28

黑與白

山風吹
吹醒了
記憶的長廊
兒時
橄欖樹下
骰子擲出大富翁的夢想
機會和命運
更迭忠孝東路的綠建築

山風吹
吹送我到銀河裡
竊取流星的光芒
窺視著
虎斑貓躡手躡腳
跳上屋瓦
曇花綻放一刻的清香
半百之後
我和我的影子
隨著時空
流轉成黑白圖像
走進風裡面

蘭嶼小母豬

妳說
前世的前世的前世
我們是超級麻吉的好友
說好的
每一世都要相遇
這件事
我完全不記得
也忘了
輪迴幾世了
道上是否重逢過
而
就在這一世的
102 年 5 月 29 日
妳以一種討人喜愛的姿態
出現在我的夢境裡
於是畫著畫著
畫下妳的模樣
並貼出懸賞告示
希望再續前緣

102.05.29

「尋物啟事」

姓名：花斑豬

年齡：8 個月

體型：中等身形

體重：約 40 公斤

特徵：迷濛的雙眼，可愛的小牙，靦腆的表情。

描述：該小豬失蹤多世，據可靠消息指出，近日出沒蘭嶼，若有善心人士知其蹤影，請電：0918-****** 高額懸賞獎金面議。

習慣是一個可怕的名稱，也是一種可怕的動作，
但不好的習慣絕對是可以修正的。　　　　　100.03.13

人若勇敢就是自己最好的朋友。　　　　　　100.06.22

靜心～寂靜之心。淨心～極淨之心。　　　　100.11.02

一個人沒有想法時，做任何事都是辛苦的。　101.05.10

目標達成後，才是考驗的開始。　　　　　　101.05.20

不論是選擇還是創造，都決定在自己的掌握中，
選擇生命中的每一個可能，創造生命裡潛藏的
附加價值。　　　　　　　　　　　　　　　101.05.22

希望自己是畫布上的一朵雲，隨時都能入畫，
綴飾著畫，即使孤單也顯自在。　　　　　　101.06.14

思念是枝葉編織成的網，網住愈來愈模糊的影像。　101.06.16

天地間確實存在著一股正氣，滋養著萬物；它奧妙
而不神秘，它活躍而不躁動，它的能量是無私的。　101.06.17

人生是不斷的堆疊，而成功的果實，
來自於穩固的基石及過程中經驗的累積。　　101.07.22

當人的意念思想，受到箝制時，
他的自由是連一株小草都不如。　　　101.12.12

關於"放下"這門功課，還在努力學習當中，
也試著以因果的角度來釐清發生在身上的事。　　　101.12.17

當內心充塞著黑暗面時，別氣餒也別擔心，
這只是情緒的一個過程，總是會過去的。　　　102.06.14

終於明白力爭上游的辛勞，換得的是脫穎而出的代
價，而其中最重要的是方向要正確。　　　102.08.06

希望社會是一片祥和，每個人都能以同理心
對待別人。　　　102.08.11

縱使浪淘兇猛如野獸，看似被吞沒了，一旦
你看穿了它的屬性，亦能悠游自在。　　　104.01.27

一切都準備好時，唯一的等待就是破框而出
的時點了。　　　104.12.27

華麗有時只是一種武裝，當心識植滿煩惱毒素時，
縱使這毒輕如毛髮，任何一人都扛不起，唯有放
下一途，才能解毒自在。　　　107.01.22

心田

小小心田容量大	事有先後及緩急
可知它該裝什麼	思慮澄明智慧得
一是正氣與正義	五倫是根不可棄
二是勇氣與毅力	六祖慧能傳心法
再來種植好福地	七竅生煙毀性情
四裝忍辱與忍讓	八怪之人非瘋癲
好氣度者能忍辱	九族孝字來延續
讓與他人自受益	十全十美道自成
爭先恐後有何用	心田開闊樂無比

挖墳自埋

來來去去我自來	凡間情愛誰能捨
來來來來來叨位	捨捨捨捨捨不得
天上人間何處是	只好挖墳自己埋
是是是是是福地	埋埋埋埋埋空殼
我今見你多愚痴	靈魂哭泣有誰憐
總是痴情為情苦	悲嘆身軀是惡源
本是清淨蓮花身	不計後果圖享樂
為何甘願自墮落	清淨蓮花黯凋零

道路

莫將直線來扭曲	一浪一浪接一浪	實實在在要做到
近路不走擇遠道	生命輪迴浪濤裡	虛情假意誤前程
浪費時間與生命	何不潛藏深海裡	引導他人渡迷津
曲曲折折如捲浪	悟出真理及實象	為人為己為一切
拍打上岸了無痕	遠離苦海破表象	曲折小徑莫徘徊

修圓 之一

條條道路通羅馬　　厝頭路尾相照應
世間本是一個圓　　歡喜冤家路頭窄
何必惡臉來相向　　有緣相會別計較
廣結善緣才應該　　給人面子留後路

修圓 之二

一輪明月照當空
復古收圓在此世
失去道心失機會
笑談玄心不倒翁
流水激盪暗洶湧
人心險惡非言語
世事滄茫窮變化
萬流歸宗不離道

修圓 之三

八面玲瓏得好緣
能得如此不容易
前世因果修有正
這世繼續種好因
果報來時人人怕
為何不思來時路

究竟之路

何必自我來設限	東來西往都自在
順心順情順天意	靠人靠神靠自己
自我限制受束縛	天堂之路是大道
綁手綁腳綁靈性	地獄之門任你來
輕輕點醒心要明	唯一究竟淨土路

正道

告訴我什麼才是正道	道本乎自然不造假罪
百花盛開綠意盎然者	愚昧迷妄者無法見道
正道是真理所在之處	真心真意真情換真道
春夏秋冬節氣循環也	道在自心你可已知道

相對

左右對稱有典故	一氣呵成正道起
有上有下謂天地	身是一個小周天
有男有女陰陽生	承天啓地是泥人
無極八卦妙義理	完成使命歸塵土
不二法門唯有一	回歸無極大周天

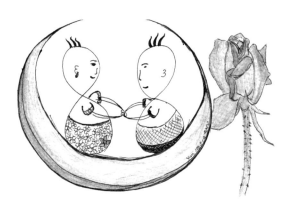

心

什麼是心你可知	奈何黑白分不清
是非之心人皆知	赤子之心是天性
只是迷失在是非	只是後天被污染
慈悲之心人皆有	無形之心最可貴
總是自私失仁慈	分別之心不可有
惻隱之心是自然	道上迷惘心不知

人

人字寫來真簡單　　人貪物慾精神空
思想複雜如織棉　　宛如身軀失靈魂
彎來拐去沒人懂　　無魂有體真了然
以為自己最厲害　　枉費轉世來當人
人上有人天外天　　潦倒一生過一世
跌倒爬起靠毅力　　輪迴路途翻車輪

挖井得水

世間之事難圓滿
牛郎織女天河隔
一年會面才一次
人在紅塵不惜福
失去才知後悔遲
好好把握身邊福
付出原來是得到
手心向上不得已
能夠向下有福報
且莫因此起驕傲
傲氣之人不長久
謙虛和氣照理行
說來簡單理解難
挖井得水自己來

情親 之一

不懂事者為幼稚　先天輪迴受果報
不孝順者違天倫　後天不知來修持
先甜後苦老來悲　怎能怨嘆命不好
自作自受是結果　人來出世有緣由
沒人要她如此做　不會惜福枉此生
只是心門還沒開

情親 之二

才剛播種望收成　茫茫大海失方向
那有這款ㄟ道理　只好一日渡一日
時間累積得果實　到老後悔已經遲
望子成龍與成鳳　回頭再看來時路
總須自己有灌溉　髮鬢霜白惹人憐
好比稻苗需要肥　老天看得最清楚
可憐現代少年郎　可惜可悲又可嘆
精神空虛沒依靠　繼續再走輪迴路

情親 之三

心有千千結　迷霧隨風難飄散
萬般愁緒起　天執義理不必怨
一山越過又一嶺　怨天怨地到何時
過盡千帆淚成江　骨肉親情似藤蔓
若能信得因果來　應識親情非長久
子女丈夫皆是債　快快將心放
埋怨天理愁滿容　愁開展笑顏

自勉

別想過去及未來
過去點燈蛾撲火
未來飛蛾離燭心
一點體會來精進
伸手展腳畫方圓
方圓之內好修持
修持就要懂規矩
沒有規矩失方寸
有意無心怎修持
過去未來很錯亂
現在猶是在原點

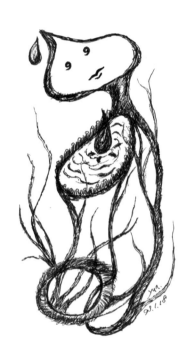

930228 牽手護台灣有感

牽手護台灣	福爾摩莎地
淨土本生成	傷痕已纍纍
人心來污染	大地暗哭泣
向心力為要	心眼被蒙蔽
牽手是形式	風起雲湧時
團結氣自強	老天已變臉

堅心

如來在那裡	意志要堅定
就在手心中	志堅可攻石
不必向外求	別再往後看
捫心來自問	已經太遙遠
向佛之路可虔誠	向佛之路等待你
不誠無意路難走	真心誠意貴人助

修自己

電光火石瞬間過
剎那人生虛空盡
若無必死之決心
如何能夠修得圓
任何考驗都接受
業境現前甘願受
頻頻訴苦有何用
求人不如靠自己
蒲公花絮任風吹
隨性安住在當下
即使沈海亦是命
不二法門唯精一

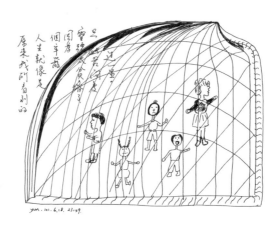

人身的功課

莫說為人太痛苦　　解開奧義離迷離
煩惱皆由心念起　　謝天謝地謝自己
無風那會起波浪　　雲路迢迢鵬高飛
風大風小人主宰　　龍王海裡引迷兒
天賜奧義待解答　　天地萬物俱靈性
喜得人身沾法喜　　螻蟻惜生知圖報

輪迴業醒

浮沈苦海雲遮月　　花開花落一瞬間
來去之間一呼吸　　百年一覺莫蹦躕
何必計較是非多　　拂塵逍遙在彩雲
清心寡慾心自在　　落入世間重修持
笑看人間情愛恨　　莫再回首紅塵夢
空思夢想浪費時　　慈心向佛最究竟

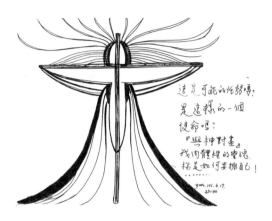

這是可能的炷報場，
是這樣的一個
使命嗎？
『與神對畫』
我肉體裡的靈魂，
將是如何呈現自己！
....

yun. 101. 6. 17.
23:40

離紅塵

快快樂樂離紅塵　　　聽經聞法勢必行
道上全是陌生人　　　解脫人道免受苦
人來人往誰知你　　　認清世間觀無常
一再留戀有何用　　　唯有向佛真情意
浪費青春與生命　　　念念清淨出輪迴

正直

天時地利人俱全
是方是圓皆無礙
縱使月缺光輝在
人為不平遮心性
應仗寶尺慎思微
執者眾服方為貴

忍辱

是非曲直隨人舞
心若不定亦舞之
迂迴路上多折磨
忍者終能見天日

有一段期間借助宗教信仰，讓心靈平靜，
以上文字為 93 年該期間所寫，有些是閩南話用詞。

電路

人與人之間就像電源一樣，
電路通暢一片光亮，
共結善緣，
電路受阻，
觀念難以達成共識，
惡臉相向，
只有來世再續修前緣，
直到圓滿透光為止，
不要不相信因果輪迴之說，
在複雜的人際關係裡，
每一個相遇都含有一段不為人知的
故事，
這電路是老天因著個人的作為被接
通的。
93.04.20

當內心充塞著黑暗的時
候，別氣餒這只是撥接的
一個過程終究會過去的。
yun．93.6.14 2001.16.

雙龍 vs 雙喜

雲間有雙龍
人間有雙喜
兩者紅塵來比美
不知是雙龍姿態雄勁
還是雙喜呆笑重情誼
霹靂啪啦　霹靂啪啦

兩者非同類
雙龍 vs 雙喜
天上人間皆福地
雙龍依舊飛揚凌霄簷
雙喜不變隨形訴衷情
霹靂啪啦　霹靂啪啦
收到了　收到了 over
93.05.19

感覺

當感覺不在時，
別急著要尋回它，
那是過程，
它只是人生路上一個頓點罷了，
要知道其實這個頓點，
也是經歷了很長的時間才形成的，
事出必有因，絕非偶然。

當感覺不再時，
請珍惜這般的經驗，
任何不同的體會都值得深思，
端視自己，
可曾好好的去瞭解它所隱含的
用意。
93.08.05

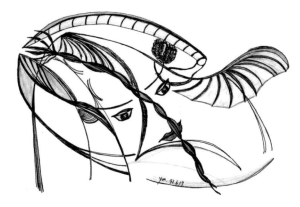

永續觀念

男女朋友在談戀愛時，
想著要如何經營情愛關係，
一旦結為夫妻，
要用永續觀念的精神來經營。
在經營生命的過程中，
出現短暫的斷層是合理的，
逆境的浮現才能體認到順境的非理
所當然，

就如同有錯才能懂什麼是對的，
一旦懂了，就不再迷惑，
一旦懂了，
對於任何事情的發生都能坦然接受，
所以面對生命的斷層不必過於惶恐，
不管用什麼方式都會接上的，
因為生命是永續的是循環的。
93.05.23

母女情深

這房間是母親子宮的延伸
母女倆最私密的相處
母親的輕聲呢喃
不再是撫摸著肚皮
訴說著對未來的憧憬
女兒的傾聽
是斜靠在母親的耳際
手擁抱著母親的腹部
感受曾有過子宮的溫暖

這房間氛圍著子宮的神秘
只有神分享著母女的私密對話
母親的輕聲呢喃
是懷念往事的陳述
女兒的傾聽
在腦海流轉成一幕幕的泛黃影像
好像走過母親的歲月
93.07.27

活在別人的目光嗎?

活在別人的目光嗎?
不,
那將失去自我,
每個人都有不同的看法與見解,
請問,
你要如何取捨呢?
人啊!是一個小宇宙,
人體70%的水份容量等同於70%的心量,
修福、修慧又修心者,
修得宰相肚子來乘船。
然人易受後天的影響,
恐難有70%的心量,
在這樣的衡量標準下,
怎能讓自己的生活達到一個平衡點,
生活無法平衡,
生命品質自然降低,
更別想在精神層面上生根。
活在別人的目光中嗎?
不,
啟動智慧的馬達,
將穿透觀看者的心量,
便知取捨了。
93.08.26

yun. 93.2.1.

反思點

當心情深陷泥沼之中，
別忘了如何從反思點尋求出路，
若僅是一味的急於抽身，
只會將自己捆綁得更緊。

這反思點就是智慧的所在，
舉棋不定延誤時機，
埋怨泥沼亂了心性，
三分勇氣，
七分堅持，
將會撥雲見日。
94.01.16

生命如花

生命是一個可能的任務，
只要願意且不為自己找尋任何理由，
因為理由會讓人的心怠惰，
且為自己的不完備找盡退路，

只有勇於承擔的人，
才能體會生命的真義，
生命無它，
冷暖自知而已。
94.03.23

自然之道

別執著於功名利祿，
勝利的果實緣於失敗的累積，
我看見快樂，
也遇到悲傷，
花開花落，
只說明了一個事實，

那就是自然，
當一切順乎自然你就不會造作，
當一切合乎自然便懂得什麼是自在，
當一切隨著自然你就不再徬徨，
當走出自然也就明瞭道的可貴了。
94.05.11

念力

任何一個念力浮動，
影響層面之廣，
絕不是人可預知的　，
所以要照顧好自己的心念，
一觸即發不可收拾，
這是最下下等的結果，
而能做到收放自如，
則已成功一半了，
切不可萬念俱灰，
雖然念力之可怕，
也不要用消極的態度面對。
94.03.18

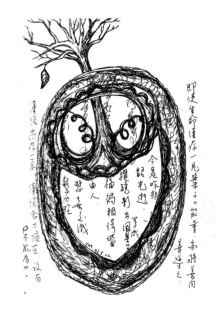

恐懼與依賴

恐懼是一切事物的絆腳石，
勇敢地為自己的心田撐起一片天，
也唯有自己撐起的最具支持力。
依賴是成就事物的致命傷，
因為，
依賴的對象往往依附在無常界裡流轉，
而依賴的結果也只有流轉生死一途，
更遑論本質的脫透了。
94.04.10

角度

當看清人情對待關係的功利，
也明瞭同一件事情，
老天切入的角度和人不一時，
那朵心蓮已然騰昇，
這絕不是浮沈苦海裡所可體會
它不需要刻意偽裝，
就已展現在自性的空明處。
94.04.13

釋懷

每一件事情會讓人覺得不公平，
其背後都隱藏著累積了千百年來的原因，
只是發生時的表象令人難以接受罷了！
愈是無法接受，
則其累積點又增添一個因子，
等待另一個時點引爆。

所以，
哭過之後就該釋懷，
因著這樣的心態，
累積的原因及不公平的結果，
達到最完美的平衡，
而無明也會跟著撥開一層。
94.04.14

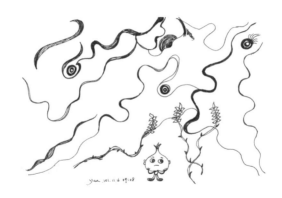

人生曲線圖

不管外表長得如何，
身世背景、學歷經歷、愉快痛苦，
這些都會是一個有價值的體驗，
正因為每個人的質數不同，
所以讓人獨自擁有特殊的資產；
不要跟別人比較，
孰多孰少都不重要，
重要的是在擁有這些極其表層
的資產裡，

你用的是那一份心回應老天的
給予，
感恩的心、失落的心，
赤誠的心、計較的心，
都無妨，
因為這些都足以決定人生曲線
的走向，
而且是自己決定的。
94.04.16

生命的填充

若說生命是一份試題，
那麼它應該是個填充題，
答案有千奇百種，
沒有制式的標準，
也不受約束，
你只能順著題目一題一題往前答，
不能修改，因為已成事實，

也不能空白，因為時間不容停頓；
而我們的心念決定了答題的方向，
也決定了是否能擊出一張漂亮的成績單，
所以，
學修的人總是勸說：「要照顧好自己的念頭」，
可見念力影響之大，不可不慎思。
94.04.25

承擔

如果老天想帶走一個人，
那麼他一刻都別想留，
當能這麼想時，
表示他的思惟又向前邁進一步了，
然而，
更重要的是要想想，
老天留下我們在人間的用意何在；
即使只有一刻鐘，
那也要將這一刻撞擊出璀璨無瑕的一面，
而，是否也該想想，
老天所給我們擁有特別的質數，
我們善用了沒？
若有，發揮了多少呢？
若沒，那又該如何去做呢？
其實，老天給的旨令，
簡單明白又直接，
絕對是我們挑得起的，
因此放心大膽的去做就對了。
97.03.13。

審判

很多時候
有些事情
你總是無可避免的
被相同的情境牽制著
那是一種
面臨被審判
想逃又無可逃的現象

但
追根究底
這情境是自己導演的
因為受制於所追求的榮耀
也只有在你體悟放下的真義時
才得以釋放
102.08.19

量化的愛

愛沒有單位
無法量化
但
這一季
請容許我把對您的愛
量化成
4 球段染毛線
重量：400g
長度：800m
而它們將經由我的手
一針一線編織成
繽紛溫暖的冬衣
獻給最愛的母親您
101.10.26

後記

　　生命的過程中總會有許多貴人出現，當貴人出現時端看自己如何握住轉機，這貴人猶如星光般點亮心中的陰鬱，每一道星光都為自己帶來破局的機會，而每一次破局更為自己帶來無限的希望。

　　【畫筆下的靈魂】是人生經歷中的一份成績單，更是生命過程中一個美麗的插曲；由衷感謝身邊的每一位貴人～鼓勵投稿出書的好友們、百忙之中撥冗幫本書寫推薦序的中研院民族所研究員張教授、游藝社繪畫鍾老師及出版公司的熱心設計編排等，因著您們的大力支持，才得以將十多年來畫話交織的吉光片羽集結成此一圖文集。

　　這本書沒有細緻的圖畫，大部份是靈裡的心境體會隨筆塗鴉，重新畫過也許較美，但少了對的感覺，再者平實的文字表達，沒有優美華麗的詞藻，是原汁原味的呈現，於是想著不同的花有著不同的花香，而每個人也有著不同的感覺，唯有親自經歷才知其間的差異，但願有緣觸及此書的讀者，都能嗅出書裡散發出淡味雋永的香氣。

國家圖書館出版品預行編目資料

畫筆下的靈魂 / 一朵雲 著 . -- 初版 . -- 臺北市：
博客思，2019.01
　　面；　公分 (生活美學 ; 16)
ISBN 978-986-97000-4-7（平裝）

855　　　　　　　　　　　　　　107019992

生活美學 16

畫筆下的靈魂

作　　者：一朵雲
編　　輯：沈彥伶
美　　編：林小龍
封面設計：林小龍
出 版 者：博客思出版事業網
發　　行：博客思出版事業網
地　　址：台北市中正區重慶南路 1 段 121 號 8 樓之 14
電　　話：(02)2331-1675 或 (02)2331-1691
傳　　真：(02)2382-6225
E—MAIL：books5w@gmail.com 或 books5w@yahoo.com.tw
網路書店：http://bookstv.com.tw/
　　　　　　http://store.pchome.com.tw/yesbooks/
　　　　　　博客來網路書店、博客思網路書店
　　　　　　三民書局、金石堂書店
總 經 銷：聯合發行股份有限公司
電　　話：(02) 2917-8022　　傳　真：(02) 2915-7212
劃撥戶名：蘭臺出版社　帳號：18995335
香港代理：香港聯合零售有限公司
地　　址：香港新界大蒲汀麗路 36 號中華商務印刷大樓
　　　　　　C&C Building, 36,Ting, Lai, Road, Tai,Po, New,Territories
電　　話：(852)2150-2100　　傳　真：(852)2356-0735
經　　銷：廈門外圖集團有限公司
地　　址：廈門市湖里區悅華路 8 號 4 樓
電　　話：86-592-2230177　　傳　真：86-592-5365089
出版日期：2019 年 1 月 初版
定　　價：新臺幣 380 元整（平裝）
ISBN：978-986-97000-4-7